비밀수집가

와플 탐정과 댄싱 파이터

• 본 콘텐츠는 문화체육관광부, 한국문화예술위원회 〈2021년 온라인 미디어 예술 활동 지원사업〉의 지원을 받아 제작되었습니다.

비밀수집가 | 와플 탐정과 댄싱 파이터
권요원 지음

발 행 | 2022년 1월 3일
펴낸이 | 권지연
펴낸곳 | 소울크로싱
만든이 | 권지연 임동일 박준태
제조국 | 한국
연 령 | 12세 이상
등 록 | 2021.11.10.(제2021-000101호)
주 소 | 경기도 수원시 영통구 광교로 156 광교비즈니스센터 11층
이메일 | ann0070@hanmail.net

soul-crossing.tistory.com
ⓒ 권요원 2022

ISBN | 979-11-976777-2-4 (43800)

「이 도서의 국립중앙도서관 출판예정도서목록(CIP)은 서지정보유통지원시스템 홈페이지 (http://seoji.nl.go.kr)와 국가자료공동목록시스템(http://www.nl.go.kr/kolisnet)에서 이용하실 수 있습니다.

비밀 수집가

와플 탐정과 댄싱 파이터

권요원 지음

CONTENT

프롤로그; 와플 탐정

당신의 고민은 의외로 간단하게 해결될지도 모른다.
비밀을 공유할 용기와 와플 하나면 충분하다.

나는 교내에서 꽤 이름이 알려진 탐정이다.

그동안 학교 안에서 일어난 여러 가지 사건을 해결했다. 잃어버린 물건을 찾아주는 소소한 일부터 친구가 아끼는 애완견을 찾는 일까지…. 아무리 사소한 일일지라도 의뢰받은 사건은 명쾌하게 해결해왔다.

내 탐정 활동은 비밀리에 진행된다. 의뢰하는 친구 대부분이 사건을 알리고 싶어 하지 않기 때문이다.

궁금해 할 것 같아서 미리 말해주는데, 수임료는 없다! 있다면 와플 하나?

금전 관계는 탐정 활동의 자율성을 훼손할 뿐이다. 탐정 활동은 내 명석한 두뇌와 추리 논증 실력을 증명하는 취미

일 뿐이니까.

몇몇 사건을 해결하고 난 뒤, 사건을 의뢰했던 친구들은 나를 '와플 탐정'이라고 부르기 시작했다. 이름이 익숙한 건 '미스 마플'로 불리는 유명한 할머니 때문일 것이다. 영국의 작가 애거사 크리스티의 소설에 등장하는 노부인인데 조용한 시골 마을에서 벌어지는 사건을 남다른 통찰력으로 해결한다.

'미스 마플'은 실수하는 법이 없다. 언제나 옳은 말만 하는 불가사의한 비결을 가진 특별한 사람이다. 나 역시 그런 사람이 되고 싶은 바람을 갖고 있다. 그래서 '와플 탐정'이라는 어감이 주는 느낌을 좋아한다.

해결하지 못한 문제가 있다고? 말 못 할 고민으로 속앓이를 한다고?

당신의 고민은 의외로 간단하게 해결될지도 모른다. 아무도 모르게 내 사물함에 사건 의뢰 쪽지를 넣어두면 된다. 비밀을 공유할 용기와 와플 하나면 충분하다.
당신의 비밀은 와플을 걸고 보장한다.

1. 수상한 의뢰

의뢰인에게는 한가지 공통점이 있다.
사건의 진실은 알고 싶지만, 자신의 비밀은 숨기고 싶다는 것!

오늘, 사건 의뢰가 들어왔다.

사물함을 열어보자.

마지막 페이지에 있는 AR 인식 카드를 스캔해 보세요.

사물함을 열었을 때 꼬깃꼬깃하게 접어놓은 쪽지가 바닥에 '툭' 떨어졌다.

누군가 의뢰 쪽지를 사물함 안에 몰래 넣은 모양이다.

쪽지에서 옅은 과일 향이 났다. 상큼한 과일 향이 나는 걸 보니 시트러스 계열 향수를 사용한 것 같다.

나는 주위를 살피며 조심스레 쪽지를 펼쳐보았다.

'암호 편지?'

쪽지는 단어 조각을 오려 붙이는 콜라주 기법을 이용한 암호 편지였다.

단어 조각으로 편지를 쓴 이유는 글씨체를 알아보지 못하게 하기 위해서이다. 그것은 자신의 정체를 알리고 싶어 하지 않는다는 뜻이기도 하다.

사건을 의뢰하는 사람 대다수에게는 한가지 공통점이 있다. 사건의 진실을 알고 싶어 하지만 자신의 비밀은 한사코 숨기고 싶어 한다는 것이다. 어쨌든 비밀은 동전의 양면과 다르지 않으니까.

'의뢰인은 누굴까?'

암호 편지는 내 호기심을 자극했다.

의뢰인이 누군지 알면 사건을 해결하는 게 조금 더 쉬워진다. 하지만 흥미는 감소 된다. 비밀을 밝혀내려면 주최자가 만든 게임에 참가하는 수밖에.

'의뢰인은 무엇을 말하고 싶은 걸까?'

한 가지 분명한 사실은 의뢰인은 나를 테스트 하고 싶어

한다는 것이다.

사실, 암호 편지를 해독하는 게 어려운 일은 아니다. 관찰력과 패턴을 이해하는 분석적 사고, 그리고 끈기만 있으면 된다.

나는 단서를 찾기 위해 암호 편지를 유심히 살펴보았다. 쪽지에는 크기가 일정하지 않은 숫자와 글자가 배열되어 있다. 의미를 알 수 없는 단어일 뿐이지만, 틀림없이 사건의 열쇠가 숨겨져 있을 것이다.

'어떤 메시지일까?'

암호 편지에서 단서를 찾아보자.

참나! 이런 간단한 문제로 내 추리력을 시험하려고 하다니!

나는 암호 편지에서 숨겨진 단서를 찾았다. 내가 찾은 단서는 '시트러스(citrus)'

'시트러스'는 귤·레몬·오렌지 등 감귤류를 포괄하는 영어 단어다. 그리고 우리 학교 댄스동아리 팀 이름이기도 하다. 쪽지에서 과일 향이 난 게 우연이 아니었던 것 같다.

'도대체 어떤 사건이지?'

암호 편지에서 힌트를 얻었지만, 의뢰인이 누구고 어떤 사건인지는 아직 모른다.

'댄스동아리 시트러스와 관련이 있다는 메시지일까?'

'시트러스'는 교내에서 제일 주목을 받는 동아리이다.

춤을 잘 추는 것으로 유명하고, 멤버들 모두 '인싸'이기 때문에 가입하고 싶어 하는 친구들이 많다. 하지만 가입이 쉽지 않아서 구성원도 소수이고, 폐쇄적인 만큼 많은 부분이 베일에 싸여있다. 그래도 '시트러스' 회원들이 교내에서 물의를 일으킬만한 일을 한 적은 없었다. 그렇다고 해도 이렇게 암호 편지에 거론되는 것을 보면 수상쩍은 구석이 있긴 하다.

'암호 편지는 위협을 받는 누군가가 보낸 구원의 손짓일까? 혹시, 사건이 일어날 것을 경고하는 건 아닐까?'

어쩌면 아직 일어나지 않은 사건을 경고하는 건지도 모르겠다.

나는 사건이 일어날 것임을 직감했다.

암호 편지가 계획된 사건을 암시하는 신호일 거라는 확신이 들었기 때문이다.

사건은 댄스동아리 '시트러스'와 연관이 있을 것이고, 의뢰인은 '시트러스'의 회원이거나 내부 사정을 잘 아는 누군가일 확률이 높았다.

의뢰 쪽지를 받은 이상 모른 척 넘어갈 수만은 없다. 내 도움이 필요하다면, 기꺼이 도와줘야 한다.

누군가 사건을 기획하고 있는 게 확실하다면, 사건이 터지기 전에 미리 손을 쓸 수 있을 것이다. 다만, 한 가지 마음에 걸리는 게 있다.

사건을 해결하려면 사건 안으로 들어가야 하고, 그 말은 내가 댄스동아리에 가입해야 한다는 뜻이다. 하지만 나는 춤에 영 소질이 없는데….

'어떻게 하지?'

의뢰를 거절하기에는 궁색한 변명 같지만, 춤을 못 춘다는 사실 때문에 갈등이 생겼다.

이 의뢰를 받아야 할까?

잠시 갈등했지만 사건 의뢰를 수락하고 말았다.

나는 사건의 중심으로 들어섰다. 규칙도 모른 채 의뢰인이 설계한 게임에 참가하게 된 것이다. 의뢰를 수락한 이상 와플 탐정의 명예를 걸고 사건을 해결해야 한다.

쉽지는 않겠지만 언제나 그랬듯이 문제를 해결할 것이다. 아직 일어나지 않는 사건을 막고 감춰진 비밀과 진실을 밝혀내겠지. 다만, 함정에 빠지지 않도록 주의하자고 다짐했다.

'그럼, 이제 무엇부터 시작하지?'

호랑이를 잡으려면 호랑이 굴로 들어가야 한다는 속담은 지금의 상황을 비유하기에 매우 적절한 표현이다.

나는 댄스동아리에 잠입해야 한다.

마음의 준비는 되어있다. 그럼, 댄스동아리 '시트러스'를 만나보자.

2. 댄스동아리

누군가가 나에게 도움의 손길을 내밀었는데,
손끝이 닿을 거리에서 놓쳐버리다니….

가입을 문의하려고 동아리 방을 찾았다.

동아리방을 찾아가자.

마지막 페이지에 있는 AR 인식 카드를 스캔해 보세요.

똑. 똑. 똑.

문을 두드리자 안에서 여자아이의 목소리가 들려왔다.

"누구세요?"

나는 목소리를 가다듬으며 대답했다.

"으흠, 동아리 가입을 문의하려고 왔어요."

동아리 방에는 단장과 회원 A, B가 있었다.

A, B는 시트러스의 주축이 되는 핵심 멤버다. 옅은 화장에 짧게 줄인 교복 차림새는 언뜻 보기에도 날라리 같았다. 같은 반이었던 적이 없는 탓에 아는 게 별로 없다. 동아리에 가입하면 차차 알게 되겠지.

"네가 여긴 무슨 일이지?"

단장이 물었다.

단장의 이름은 서은별이다. 눈에 띄는 외모와 뛰어난 춤실력으로 교내뿐 아니라 근교에서도 유명한 아이다.

학교를 중심으로 활동하는 댄스 크루들 사이에서는 꽤 이름이 난 아이였고, 인기가 많은 만큼 콧대도 높았다. 남학생과 선배들의 구애가 빗발쳤지만, 단장이 누군가와 사귀었다는 소문은 한 번도 들은 적이 없다.

"저기, 회원이 되려면 어떻게 해야 해?"

단장은 나를 물끄러미 바라보았다. 내 말이 믿기지 않는다는 표정으로 말이다.

"정말, 시트러스 회원이 되고 싶은 거야?"

"왜, 안 되는 거야?"

"아니, 안되는 건 아닌데, 테스트해야 해서."

단장은 시큰둥하게 말했다.

"테스트?"

가입 조건이 까다로울 거라고는 짐작하고 있었다. 수학 시험 같은 건가?

"탐정 놀이는 인제 그만둔 거니?"

단장이 물었다.

'뭐? 탐정 놀이라고? 이 녀석 나에 대해서 아는 거야?'

내 탐정 활동을 놀이로 취급하는 게 못마땅했지만, 사건 해결을 위해서 꾹 참았다.

"시시해졌어. 그래서 다른 취미를 가져 보려고. 그런데 테스트라는 게 뭐야?"

"어렵지 않아. 간단한 춤동작을 따라 하면 돼."

"추, 춤이라고?"

"그래, 춤."

설마 했는데 가입 테스트가 춤이라니….

"젠장!"

나도 모르게 욕지거리가 튀어나왔는데, 단장이 들었는지

되물었다.

"뭐라고?"

"아니야, 나 아무 말 안 했어."

"왠지 자신 없어 보이네."

단장의 입꼬리가 살짝 올라갔다. 내 멍청한 표정을 들킨 모양이다.

"전혀."

나는 단호하게 대답했다.

"그럼, 준비되면 말해."

'에이, 모르겠다. 그냥 열심히 하다 보면 되겠지.'

테스트는 의외로 간단했다. 단장의 춤동작을 따라 하기만 하면 되니까.

순서를 기억해서 춤동작을 완성해 보자.

나는 선곡에 맞춰 춤을 따라 했다.

몸이 마음처럼 따라주지 않았지만, 최선을 다했다. 하지만 결과는….

"뭐? 탈락!"

테스트를 통과하지 못했다.

"하하하! 너 완전 몸치구나!"

"야, 너 되게 웃긴다."

단장의 말에 A가 맞장구쳤다.

'웃긴다고? 뭐가? 나는 진지하거든….'

시트러스 회원들의 조롱이 빗발쳤다. 최악이었다. 어떻게 하지?

참담한 기분이 들었다. 누군가가 나에게 도움의 손길을 내밀었는데, 손끝이 닿을 거리에서 놓쳐버리게 되었으니 말이다.

"큭큭큭."

회원들의 비웃음이 귓가에서 맴돌았다.

"잠깐만!"

풀이 죽은 채로 동아리 방을 나서는데 단장이 나를 불러 세웠다.

"왜?"

"너, 꽤 마음에 든다."

"뭐라고?"

"생각해 봤는데 우리 회원이 될 자격이 충분한 것 같아.

우리 동아리에 가입시켜 줄게."

"진짜야?"

이런! 내가 전교생의 부러움을 한 몸에 받는 시트러스 회원이 된다고?

내 귀를 의심할 수밖에 없었다. 그런데 놀란 건 나뿐만이 아니었던 것 같다.

"단장. 그게 무슨 말이야?"

"쟤를 우리 동아리에 가입시켜 준다고?"

회원 A, B가 기겁하며 손사래를 쳤다.

"왜? 무슨 문제라도 있니?"

단장의 단호한 어투에 문제를 제기한 A가 말꼬리를 흐렸다.

"아니, 문제가 있다기보다는…."

"내가 알아서 할 테니까 걱정하지 마."

"그래. 네 마음대로 해. 네가 단장이니까."

B도 체념한 듯 말했다.

A와 B는 내가 회원이 되는 게 못마땅한 것 같았지만 단장의 말을 고분고분 따라 주었다.

3. 동아리 잠입

탐정 활동이란 그런 것이다.
다른 사람의 비밀을 수집하려고 내 비밀을 숨기는 일!

'와! 카리스마가 대단한걸! 이것이 진정 리더의 품격인가?'

시트러스의 상큼함은 단장이 90%의 지분을 가진 것 같았다.

"회원으로 받아 줘서 고마워."

시트러스 회원이 된 것보다 잠입 계획이 성공했다는 사실에 기분이 들떴지만 내 감정을 드러내지 않으려고 애썼다.

"고맙긴 뭘. 먼저, 준회원으로 활동을 하게 될 거야. 정회원이 될지 말지는 너 하기에 따라 달려있어."

단장의 목소리는 조금 전과 다르게 냉랭하게 들렸다.

내가 시트러스의 준회원이 되었다는 소문은 삽시간에 퍼

졌다.

동아리에 가입하고 싶어 하던 아이들은 무척 당황해했고, 대다수는 단장의 결정에 모종의 음모가 있을 거로 생각했다.

나의 동아리 가입 성공담은 매우 이례적인 일로 받아들여졌는데, 춤 실력과 무관하게 준회원의 자격을 얻게 되었으니 당연한 일이다.

조만간 쫓겨나게 될 것을 기정사실로 받아들였는지 질시 어린 눈빛은 이내 호기심 어린 눈빛으로 변했다. 내가 어떻게 쫓겨날지 궁금할 것이다.

놀림거리로 전락하지 않을까 걱정해주는 친구도 더러 있었지만 크게 신경 쓰지 않았다. 어쨌든 예상하던 일이었고, 사건을 해결하기 위해서라면 이런 고난쯤은 감내해야 하니까.

탐정 활동이란 그런 것이다. 다른 사람의 비밀을 수집하려고 내 비밀을 숨기는 일!

우여곡절 끝에 사건 속으로 한 걸음 다가갔지만, 사건의 실마리를 찾는 일은 묘연했다. 더군다나 아직 일어나지 않은 사건이니 단서를 찾기란 쉽지 않았다.

나는 시트러스 회원 중 가장 눈에 띄는 아이들을 용의선상에 두고 하나둘 관찰해 나갔다. 내 정체가 탄로 나지 않게 주의하면서 말이다.

A, B, C는 핵인싸, 셀럽이라고 불릴 정도로 인기가 많았고, 늘 함께 다녀서 삼총사로 불린다.

나는 탐정 수첩에 A, B, C에 대한 정보를 기록해 두었다.

정보를 기록해 두자.

회원 A의 이름은 문가연.

댄스동아리 시트러스의 이인자다. 둘째가라면 서러울 정도로 춤 실력이 뛰어나다. 인기가 많아서인지 콧대가 높다. 쫓아다니는 남학생들이 많은데 배려가 없다.

회원 B의 이름은 박해미.

직설적이고 솔직해서 말을 거침없이 한다. 말로 상처를 주는 사려 깊지 않은 행동 때문에 거리감이 느껴진다.

회원 C의 이름은 최지연.

삼총사 중에서 가장 애교가 많은 스타일이다. 화를 내거나 인상 쓰는 걸 본 적이 없다. 늘 미소를 짓고, 잘 웃어준다. 시트러스 회원이 되기 전에는 왕따였다는 소문이 있다.

A, B, C는 제각각의 매력으로 시트러스를 돋보이게 했다.

삼총사에 대해서 알게 되니, 개성 강한 아이들이 모인 동아리를 이끌어가는 단장이 새삼 달리 보였다.

동아리 활동은 녹록지 않았다.

시트러스에는 중요한 규칙이 두 가지가 있었다. 첫 번째는 연습 시간을 지키는 일이었는데, 지키지 않으면 강퇴당하기 때문에 회원들 모두 철저히 지켰다.

두 번째는 춤을 잘 추는 아이들은 실력이 부족한 아이들을 가르쳐주어야 했다. 가르쳐주고 배우는 아이들 모두 춤에 대해서 진지했고 동아리 활동에 열정적으로 임했다.

자신이 좋아하는 춤으로 화합하며 시트러스를 이끌어 나가는 회원들의 모습이 보기 좋았고 또, 멋져 보였다.

나는 정회원 아이들의 틈바구니에 끼어들 처지가 못 되었다. 실력 차가 너무 컸기 때문이다.

내 실력을 높이기 위해 삼총사가 나섰지만, 적성에 맞지 않은 탓인지 실력이 늘 기미가 없었다. 결국, 삼총사가 제풀에 지쳐 포기하자 보다 못한 단장은 나에게 다른 일을 지시했다.

"매니저 같은 거야."

"매니저라고? 그럼, 어떤 일을 해야 하는 거야?

내 질문에 단장이 대답했다.

"아이들의 연습 일정 관리와 동아리방 청소, 그밖에 잔심부름."

"심부름?"

"어렵지 않아. 간식이나 물을 사 오는 일 같은 거 말이야. 그 정도는 할 수 있지?"

뒤에 단서가 덧붙었다.

"정회원이 될지 말지는 너 하기에 따라 달려있어."

"다, 당연하지! 뭐든지 맡겨만 줘!"

나는 단장의 제안을 받아들여야 했다. 거부할 수 없는 제안이었기 때문이다. 그나마 매니저라는 타이틀이 나름 근사

하다는 것을 위안으로 삼을 수밖에.

오히려 잘된 일이다. 사건 해결을 위한 첩보 활동에 집중
할 수 있을 테니 말이다.

춤 실력이 늘지 않아서인지 매니저라는 타이틀 때문인지
삼총사는 나를 못마땅해했고, 대놓고 따돌리기 일쑤였다.
자기 일정을 공유하지 않아서 곤란하게 하는 일 같은 것
말이다.

아참! 그러고 보니 은근히 따돌림을 받는 아이가 한 명
더 있기는 하다.

본격적으로 매니저 일을 시작하고 보니 유독 구석에서 외
톨이처럼 혼자서 있거나 어울리지 못하고 겉도는 아이가
눈에 들어왔다. 회원 D인데, 어쩌다 시트러스 회원이 되었
는지 의구심이 드는 녀석이었다.

'D는 무엇을 알고 있지 않을까?'

D를 탐문해 보면 새로운 정보를 알게 될 것 같았다.

기회를 살피다가 구석에 혼자 있는 D를 발견하고 말을
걸었다.

"저기, 안녕."

"으, 어, 깜짝이야!"

D가 소스라치게 놀라는 바람에 덩달아 나도 놀랐다.

"헉! 미안해. 놀라게 해서⋯."

"어, 아냐."

"나 이번에 새로 들어온⋯."

"아, 알아⋯. 난 이유미라고 해."

D가 자신을 소개했다.

"저기 혹시 말이야."

말을 건네려는데 D가 동아리방을 황급히 뛰쳐나가며 말했다.

"미안. 나 급한 일이 생겨서⋯. 나중에 보자."

"뭐야? 내가 뭘 잘못했나?"

약간 괴짜 같은 면이 있지만 나쁜 애처럼 보이지 않았다. 나중에 다시 얘기해 봐야겠다고 생각하고 탐정 수첩에 D에 대한 탐문 정보를 기록해 두었다.

정보를 기록해 두자.

회원 D의 이름은 이유미.

주로 혼자 다니고 어울리지 못하고 겉도는 모습이다.

아웃사이더라고 해야 할까? 눈이 나쁜지 도수 높은 안경을 썼고 언제나 이어폰을 끼고 다닌다. 춤 연습할 때 빼고는 이어폰을 빼는 일이 없다. 늘 냉소적인 표정을 하고, 무언가를 주의 깊게 탐색하는 습관이 있는 것 같다. 아이들을 관찰하다 눈이 마주칠 때가 종종 있어서 깜짝 놀라곤 한다.

뭐랄까? 이건 직감 같은 건데, 만약 시트러스의 비밀을 알고 있는 사람이 있다면 D일 확률이 높다.

4. 새로운 암호 편지

암호 편지를 해독하는 게 어려운 일은 아니다.
관찰력과 패턴을 이해하는 분석적 사고, 끈기만 있으면 되니까.

동아리 활동을 마무리하고 교실로 향했다.

교실로 돌아가자.
마지막 페이지에 있는 AR 인식 카드를 스캔해 보세요.

교실로 돌아왔을 때, 책상 위에 편지 봉투가 놓여 있었
다.

'새로운 사건 의뢰인가?'

새로운 사건일 거로 생각했는데, 편지 봉투를 주워든 순

간 내 생각이 틀렸다는 것을 알았다. 옅은 과일 향이 났기 때문이다.

'뭐지? 의뢰인이 보낸 메시지인가?'

나는 조심스럽게 편지 봉투를 열었다.

편지 봉투 안에는 퍼즐 조각이 들어있었다.

'맞아! 같은 의뢰인이야… 이 녀석 도대체 무슨 꿍꿍이속인 거야?'

조각들을 서로 연결하면 의뢰인이 말하고 싶은 의도를 알아낼 수 있을 것이다.

암호 편지를 해독하는 게 결코 어려운 일은 아니다. 이미 말했듯이 관찰력과 패턴을 이해하는 분석적 사고, 그리고 끈기만 있으면 되니까.

퍼즐을 맞추면 메시지를 알 수 있겠지?

퍼즐을 완성해서 단서를 찾아보자.

'가면?'

퍼즐을 완성해 보니 가면이 그려져 있었다.

'시트러스와 가면이라… 의뢰인은 무엇을 말하고 싶은

거지?'

시트러스와 가면 사이에는 아무런 연관성이 없어 보였다. 연관성이 없는 두 가지 단서를 연결 짓는 것은 순전히 내 몫이다.

두 번째 암호 편지로 알게 된 한 가지 분명한 사실은 의뢰인은 나를 지켜보고 있다는 것이다. 미지의 의뢰인이 두 번째 암호 편지를 보냈다는 것은 사건 해결을 재촉하는 신호였다. 내가 놓치고 있는 게 있고, 의뢰인은 그것을 알려주려고 한 것이다.

사건을 해결하려면 서둘러야 했다.

수업이 끝나고 아이들이 모두 돌아간 뒤, 나는 청소를 하려고 다시 동아리방으로 향했다. 시트러스의 정회원으로 인정받아야 하니 궂은일을 마다할 수 없었다.

동아리 방으로 돌아가자.

마지막 페이지에 있는 AR 인식 카드를 스캔해 보세요.

혼자서 동아리방을 청소하고 있는데, 먼저 나갔던 D가 다시 돌아왔다.

무슨 일인지 물었더니 D는 별일 아니라고 대답했다.

"별일 아니야. 뭘 놓고 간 것 같아서."

D가 동아리방을 서성이며 구석구석을 살피는 것을 보고 무언가를 잃어버렸다는 걸 알았다.

"잃어버린 게 있니? 도와줄까?"

머뭇거리던 D가 못이기는 척 도움을 청했다.

"이어폰 하나를 잃어버렸는데 혹시, 못 봤니?"

"이어폰이라고? 나도 찾아볼게."

이어폰을 찾아보자.

"찾았다! 여기 있어."

"고마워."

D가 고개를 살짝 숙이며 고마움을 표했다.

지금이 탐문하기에 적절한 기회라는 생각이 들었다.

"저기. 있잖아."

"무슨 일인데?"

"개인 연습 일정을 좀 알고 싶어서."

일정을 핑계 삼아 D에게 말을 걸었다.

대화의 물꼬가 트이자 D와의 대화가 자연스럽게 이어졌다.

가면에 대해서 어떻게 말을 꺼낼지 고민하고 있는데 D가 먼저 내 동아리 생활을 물어봤다.

"동아리 활동은 어때? 적응은 좀 되었니?"

"그럭저럭. 점점 나아지는 것 같아."

"그래, 다행이네."

"혹시, 너도 내가 어떻게 쫓겨날지 궁금한 거냐?"

내 짓궂은 질문에 D는 정색하며 대답했다.

"아니. 왜 시트러스에 가입한 건지 궁금해서. 왠지 이유가 있을 것 같아서."

의뢰받은 사건을 조사하려고 잠입했어! 라는 말이 목 끝까지 올라왔지만, 입 밖으로 내뱉지 않았다.

침묵은 의뢰인과의 약속과 다름없으니까.

"새로운 일에 도전해 보고 싶었어. 내가 무엇을 잘 할 수 있는지 시험해 보고 싶어졌거든."

둘러대긴 했지만 전부 거짓이라고 말할 수는 없을 것 같다. 적어도 20%만큼은 진심이니까.

"그러는 넌, 어떻게 시트러스 회원이 된 거야? 내가 보기에 넌 다른 아이들하고는 조금 다른 것 같은데."

"내가 다른 것 같다고? 괴짜 같다는 거야?"

"아, 아니. 그런 뜻으로 물어본 건 아니야."

진땀이 삐질 나왔다.

"내가 다른 아이들과 잘 어울리지 않아서 그러니?"

말없이 고개를 끄덕이자 D가 말을 이었다.

"나는 거추장스러운 게 싫거든. 그래서 혼자가 편해. 누군가와 어울리면 신경 써야 하는 게 많아지잖아. 안 그러니?"

"그, 그래. 그렇지."

나는 D의 말에 전적으로 동의한다. 탐정 활동은 혼자가 더 편하니까. D는 나와 비슷한 성향을 지닌 아이 같았다.

5. 탐문

아직은 어떤 사건이 일어날지 모르지만,
배후를 유추할 수 있을 것 같다.

"혹시, 시트러스에 대해서 내가 모르는 게 있니?"

"네가 모르는 거?"

D가 되물었다.

동질감을 느껴서인지 무모한 자신감이 생겼다. 그래서 단도직입적으로 물었다.

"가면 같은 거 말이야."

망설이던 D가 말문을 열었다.

"다른 학교 동아리들과 댄스 배틀을 기획하고 있어."

"댄스 배틀?"

"이번에는 조금 색다르게 진행될 거야. 참가자 모두 가면을 쓸 거거든."

'그래, 바로 그거였군!'

아무런 관련이 없어 보이던 두 가지 단서에서 연관성이 확인된 순간이었다.

날짜가 언제인지 물었지만, 대답을 듣지 못했다.

"혹시, 단장이 말 안 해줬니?"

"아니. 그런 말 못 들었어."

매니저를 시켜놓고 정작 중요한 행사에 대해서는 일언반구도 없다니!

"서운한걸! 이래 봬도 나는 시트러스의 매니저라고!"

"단장이 말해주지 않았다면, 이유가 있겠지. 기다려봐. 말해줄지도 모르니까."

D가 나를 뚫어져라 바라보며 물었다.

"그런데 가면은 어떻게 알게 된 거야?"

속으로 뜨끔했지만, 너스레를 떨었다.

"뭐, 귀동냥으로 들었지. 내 귀가 꽤 밝은 편이거든."

내 말에 D가 웃으며 말했다.

"단장한테 직접 듣는 게 나을 테니까 그냥 모르는 척하고 있어."

가면 댄스 배틀이라….

D로부터 알게 된 새로운 단서로 인해서 사건의 실체에 점점 다가가고 있다는 확신이 들었다.

잃어버린 퍼즐 조각 하나를 찾은 것 같다고 해야 할까?

엉켰던 실타래가 하나씩 풀리며 심연에 잠겨있던 사건이 수면 위로 드러나는 느낌이었다.

시트러스가 가면을 쓰고 대결을 펼치는 댄스 배틀을 기획하고 있다는 것은 결정적 단서다. 사건이 가면 댄스 배틀이 열리는 날 벌어진다는 뜻이었으니까.

아직은 어떤 사건이 일어날지 모르지만, 배후를 유추할 수 있을 것 같다.

누굴까? 사건을 기획하고 있는 녀석이….

행사를 기획할 수 있는 위치에 있는 사람은 단장과 삼총사일 것이다.

단장일까? 아니면 A, B, C 중 하나일까? 혹시, 모두 공모자일까?

해결의 실마리를 붙잡고 있는 사람은 두말할 나위 없이 시트러스의 핵심 멤버들이었다.

나는 먼저 삼총사를 탐문해 보기로 했다.

'수소문해 보면 뭔가 나오겠지.'

다음날, 등교하자마자 삼총사를 만나려고 녀석들의 교실을 찾았다.

삼총사를 만나보자.

먼저, A를 찾았다.

"네가 그걸 어떻게 알아? 혹시, 나한테 관심 있니?"

"아, 아니거든…."

A의 말에 당황한 나머지 말문이 막혀버리고 말았다.

"그런데 어쩌나. 넌 내 취향이 아닌데. 그러니까 나한테 관심 두지 않는 게 좋을 거야."

"…."

A는 상대를 당혹스럽게 하는 특출난 재주가 있었다.

다음은 B를 만났다.

"뭐야? 이 자식, 엉큼하게 염탐하고 다니는 거냐?"

"그런 거 아니거든…."

예상치 못한 B의 반응에 나는 손사래를 치며 뒷걸음질 쳤다.

"그럼, 신경 쓰지 말아 줄래. 너하고 상관없는 일이니까. 그리고 넌 가면 댄스 배틀 구경도 못 할걸? 그 전에 동아리에서 쫓겨날 테니까. 내 말이 사실인지 아닌지 두고 보면 알 거야."

"…."

B는 대뜸 화를 내며 쏘아붙였다. 그래서 대화다운 대화를 하지 못했다.

마지막으로 C를 만났다.

"어머! 소식 들었니? 누구한테 들었어?"

"그게, 그러니까…."

C가 바짝 다가오는 바람에 나도 모르게 한 발짝 뒤로 물러섰다.

"준회원은 참가 자격이 없는데, 어쩌지…."

"그, 그래. 고마워."

A의 자존감은 감당하기 버거울 정도로 높았고, B와는 대

화가 진전되지 않았다. 그냥 벽이었다. C는 그나마 나았지만, 넘치는 애교는 부담스러웠다.

탐문을 통해서 사건의 실마리를 풀 수 있는 증거를 발견할 줄 알았는데 특별한 단서를 얻지는 못했다.

여태껏 내가 알게 된 단서는 '시트러스'와 '가면 댄스 배틀' 뿐이다. 두 가지 단서로 유추할 수 있는 것은 가면 댄스 배틀이 열리는 날, 시트러스와 관련된 사건이 벌어질지도 모른다는 것이다.

과연 어떤 사건이 벌어질 수 있을까?

6. 눈 맞춤

상대방의 눈을 뚫어져라 바라보는 건,
진실과 거짓을 가려내고 싶기 때문이다.

'그런데 배틀을 언제 한다는 거지? 곧 있으면 중간고사 기간인데….'

사건이 발생할지도 모르는데, 아쉽게도 날짜를 몰랐다.

단서가 더 필요했다.

"아무래도 단장을 만나봐야겠어."

수업이 끝난 뒤, 나는 단장을 찾아 나섰다.

단장을 찾아보자.

마지막 페이지에 있는 AR 인식 카드를 스캔해 보세요.

먼저, 동아리방을 찾았는데 삼총사뿐이었다.

단장을 못 봤냐고 묻자 삼총사는 아직 안 왔다고 시큰둥하게 대답했다.

체육관도 가보고 매점에도 가보았지만, 단장은 보이지 않았다.

"단장은 어디 간 거지?"

마지막으로 도서관을 찾았는데, 그곳에서 단장을 만났다.

"찾았다! 여기 있었구나!"

반가운 마음에서였는지 나도 모르게 목소리가 커지고 말았다.

"여기서 뭐 해? 한참 찾았잖아."

"목소리 좀 낮춰."

책을 읽던 단장은 주위를 의식한 듯 소곤거리며 대답했다.

"찾았다고? 왜?"

어디서부터 말을 꺼낼까 고심이 되었지만, 시간을 끌어봐야 도움 될 게 없었다.

"정회원은 어떻게 하면 되는 거야?"

내 말에 단장은 김빠진 표정을 지으며 피식 웃음을 터트

렸다.

무슨 거창한 말을 할 거로 생각한 모양이었다.

"그럼, 정회원이 쉽게 될 줄 알았니?"

"가면 댄스 배틀 말이야. 나도 참가하고 싶어."

가면 댄스 배틀에 참가하고 싶다는 말에 단장의 눈이 동그랗게 커졌다.

사실, 놀라기는 나도 마찬가지였다. 그냥 둘러댄 말이었으니까.

"네가 그걸 어떻게 알아?"

"명색이 시트러스 매니저인데, 그걸 모를 리 없잖아."

단장은 내 눈을 똑바로 바라보았다.

상대방의 눈을 뚫어져라 바라보는 건, 진실과 거짓을 가려내고 싶기 때문이다.

"아, 아니야. 내 실력에 무슨…."

나는 단장의 눈 맞춤을 피하며 얼버무렸다.

"그래, 그건 안 될 것 같아. 며칠 안 남았거든. 그사이에 네 춤 실력이 나아진다고 장담할 수도 없고."

"얼마나 남았는데?"

내 물음에 단장은 2주 뒤라고 대답했다.

"2주 뒤면, 중간고사 전이잖아!"

내 말에 단장이 어깨를 으쓱해 보였다.

"왜 하필 그때야? 다들 시험공부 하기도 벅찰 텐데."

"상관없을 것 같아. 어차피 우리 동아리 애들은 평소 실력으로 볼 테니까."

단장과의 대화에서 의미 있는 암시를 찾아냈다.

"가면 댄스 배틀은 네가 기획한 게 아니구나?"

이번에는 내 차례였다. 나는 단장의 눈을 똑바로 바라보았다. 비밀을 찾고 싶었기 때문이다.

단장은 내 질문에 대답하는 대신 참관할 기회를 준다며 말을 돌렸다.

"단, 조건이 있어. 특훈을 받아야 해."

"뭐? 특훈이라고? 춤 연습 말이니?"

"준회원은 참가 자격이 없으니 멤버들이 반대할 거라고. 그러니까…."

참나! 특별훈련이라니!

갑자기 머리가 지끈거려서 그 뒤로 단장이 무슨 말을 했는지 하나도 기억나지 않는다.

정신이 몽롱한 상태로 단장과 덜컥 약속해버렸다.

단장은 나에게 동아리 활동에 대한 열의를 보여 줘야 한다고 강조했다. 그렇지 않아도 나에 대해서 좋지 않은 시선이 많은데, 규정에도 없는 준회원을 댄스 배틀에 참가시키는 건 특혜처럼 보일 거라고도 했다.

"아이들은 내가 너를 감싼다고 생각해. 그래서 조금 부담돼."

'부담스럽다고? 그럼, 단장도 내가 탈퇴하기를 바라는 걸까?'

단장은 자신이 나를 감싸는 것처럼 오해받고 싶지 않다고 말했다.

"그래. 뭐 그럴 수 있지…."

나는 단장의 마음을 충분히 이해한다. 단장이 느끼는 감정의 단초를 제공한 사람이 나였으니 말이다.

"좋아, 특훈 받을게. 어쨌든 약속은 약속이니까."

사건을 막을 수만 있다면, 이런 고행쯤은 각오해야 한다.

특별훈련을 하자.

특훈은 수업이 없는 주말, 동아리 방에서 진행되었고 밤 늦게까지 이어졌다. 중간고사가 얼마 남지 않았지만, 공부를 핑계로 특별훈련을 빠지거나 게을리할 수는 없었다. 단장이 동아리 아이들에게 진땀을 흘리며 해명하는 모습을 보았기 때문이다.

여느 때처럼 동아리방에 혼자 남아서 열심히 훈련하고 있는데 단장이 나를 찾아왔다.

"꽤 열심이네."

"어, 늦은 시간에 여기는 웬일이야?"

"별일은 아니고. 노력이 가상해서 특별히 가면 댄스 배틀 참관 자격을 주려고 해."

"진짜? 고마워."

내가 감격스러운 표정을 짓자 단장은 활짝 웃으며 대답했다.

"대신, 지금처럼 열심히 훈련해야 해!"

7. 경쟁심

있는 그대로를 인정한다는 게 결코 쉬운 일은 아니다.
누구나 자신의 가치 기준으로 사람을 평가하니까.

단장 덕분에 가면 댄스 배틀 참관 자격이 주어졌다.

사실, 사건 현장을 지킬 수 있게 되었다는 것 외에 좋은 것은 별로 없다. 공부할 시간도 빠듯했고, 춤 연습은 고달 팠고, 배틀 준비는 바빴으니까.

그냥, 엉망이라고 하는 게 맞을 것 같다.

늦은 밤, 동아리 방에 혼자 남아서 춤 연습을 하는 와중 에도 온통 사건에 관한 생각뿐이었다.

멤버들의 시샘 어린 눈초리에도 불구하고 단장은 나에게 호의적이었다.

'이유가 뭘까? 혹시, 의뢰를 한 사람이….'

퍼뜩 떠오른 생각이 나를 사로잡았다. 의구심은 머릿속을 맴돌며 떠나지 않았다. 꽤 신빙성이 있어 보였기 때문이다.

"단장일까?"

"연습은 잘 돼?"

혼잣말에 대답이라도 하듯이 누군가의 목소리가 들려왔다. 화들짝 놀라서 뒤를 돌아보니 D가 있었다.

"헉! 언제 왔어?"

혼자 있는 줄 알았는데 혹시, 중얼거리는 걸 듣기라도 했으면 어쩌지?

"뭐, 그럭저럭. 아니, 잘 모르겠어."

D의 물음에 나는 고개를 절레절레 흔들며 대답했다.

"궁금한 게 있는데 말이야."

괜스레 쑥스러워서 재빨리 화제를 바꿨다.

"궁금한 게 뭔데?"

D가 물었다.

지난번 대화에서 사건의 실마리를 얻었다는 생각에 경계심이 누그러들었다. 친근함이 생겼다고 해야 할까?

"단장은 왜 나한테 잘해 주는 걸까? 다른 아이들이 탐탁지 않아 하는데도 불구하고 말이야."

"신경 쓰이니?"

D가 되물었다.

"조금. 신경이 안 쓰이면 그게 더 이상한 거 아닌가?"

내 말에 D가 피식 웃었다.

"너는 단장을 어떻게 생각해?"

내 질문에 D가 대답했다.

"좋아. 나를 있는 그대로 바라봐 주니까."

"아!"

나도 모르게 감탄사가 튀어나왔다.

"단장은 그런 애구나."

새삼 단장에게 호감이 생겼다.

사실, 누군가를 있는 그대로 인정한다는 게 생각처럼 쉬운 일은 아니다. 누구나 관점이 다르듯이 자신의 가치 기준으로 사람을 평가하니까 말이다. 존중과 배려가 없다면 선입견 없이 눈앞에 있는 상대를 바라볼 수 없을 테니까.

왠지 모르지만, D는 믿을 수 있을 것 같았다. 그래서 용기를 내보기로 했다.

"삼총사는 단장을 어떻게 생각할까?"

"네가 보기엔 어떤데?"

D는 뜸을 들이며 내 눈치를 살폈다.

"썩 좋은 관계는 아닌 것 같아. 겉으로는 드러나지 않지만, 긴장감이 맴도는 느낌이랄까?"

D의 입꼬리가 살며시 올라갔다.

"어떤 크루나 다 비슷할 거야. 미묘한 경쟁심 같은 게 있을 수밖에 없지."

"아무래도 그렇겠지?"

"단장에 관한 일은 걱정하지 마. 너는 지금처럼 네 할 일을 하면 돼."

"내가 할 일?"

D의 말에 정신이 퍼뜩 들었다. 내 비밀을 안다는 투로 들렸기 때문이다.

"그게 무슨 말이야?"

"아, 아니야 아무것도. 그런데 너 집에 안 가니? 그럼, 나 먼저 갈게!"

말을 얼버무린 D는 무언가에 쫓기듯 동아리 방을 나갔다.

"쟤는 도대체 뭐야?"

혼자서 집으로 돌아가는 길에 생각을 정리해 보았다.

심증에 가까웠지만, 단서를 찾은 것 같기도 했다. 비밀리에 진행한 가면 댄스 배틀에서 불미스러운 사고가 발생한다면, 그 일로 인해서 이득을 얻는 사람은 누굴까?

"기회를 얻는 사람이 가장 유력한 용의자야!"

가면 댄스 배틀을 기획한 것은 단장이 아니다. 물론, D도 아니다. 그러니 용의자는 삼총사로 좁혀진다.

나는 용의자 A, B, C의 동기를 추론해 늘 지니고 다니는 탐정 수첩에 적어 두었다.

용의자의 동기를 추론해 보자.

A : 문가연

댄스동아리 시트러스의 이인자이다.

배려가 없는 성격으로 평판이 좋지 않다. 사건이 생겨서 단장에게 일이 생기면 일인자가 될 확률이 높다.

일인자가 되고 싶은 욕구가 있을까?

B : 박해미

댄스동아리 시트러스의 실질적인 핵심 멤버 중 한 명이다.

직설적인 성격으로 다른 사람과 마찰을 빚지만, 솔직하고 의리가 있다. 단장과 의견충돌은 있었지만, 크게 문제가 생긴 적은 없다.

동아리에 문제가 생기면 모른 척 보고만 있을까?

C : 최지연

춤 실력은 떨어지지만, A, B와 함께 어울리며 핵심 멤버가 되었다.

애교 많은 성격으로 두루두루 잘 지낸다. 단장과 특별한 긴장 관계는 없어 보인다.

동아리에 사건이 생겼을 때 얻는 이득이 있을까?

8. 가면 댄스 배틀

불시에 일어날 수 있는 사고를 막으려면
주변 상황을 파악하고 통제할 수 있어야 한다.

드디어 결전의 날이 찾아왔다.

어떤 사건이 일어날지 모르기 때문에 나는 조마조마한 마음으로 시간을 보냈고, 수업이 끝나자마자 곧장 동아리 방을 찾았다.

동아리 방으로 가자.

마지막 페이지에 있는 AR 인식 카드를 스캔해 보세요.

중간고사를 앞두고 있던 터라 가면 댄스 배틀은 7시부터

8시까지 딱 한 시간 동안 치러지게 되었다. 동아리 방은 별관에 있었고 방음 장치가 있어서 소음은 크지 않지만, 선생님께 사정해서 겨우 허락받았기 때문에 조심스러울 수밖에 없었다.

불시에 일어날 수 있는 사고를 막으려면 주변 상황을 파악하고 통제할 수 있어야 했다. 긴장감을 늦추지 않으려고 노력했지만 쉽지 않았다.

"우와! 정말, 대단해!"

현란한 몸짓과 춤사위에 넋을 잃을 지경이었다. 크루들이 준비한 댄스가 끝날 때마다 환호가 빗발쳤고 박수갈채가 터져 나왔다.

배틀이 무르익어갈수록 동아리 방은 뜨겁게 달아올랐다. 경합을 벌이는 크루는 시트러스를 포함해서 모두 여섯팀이었다. 네다섯 명이 한 팀에 속해 있으니 6개 팀, 대략 30여 명의 아이가 동아리방에 모인 것이다.

나는 시트러스의 매니저로 촬영을 담당했다. 덕분에 크루들의 춤사위를 하나도 빠짐없이 볼 수 있었지만, 삼총사를 관찰해야겠다는 계획은 틀어지고 말았다.

많은 아이가 뒤섞여 있었고, 가면을 착용하고 있어서 누가 누군지 알 수 없었다. 옷차림새로 파악할 수 있었는데 아이들이 동아리방을 들락날락해서 그마저도 쉽지 않았다.

솔직히 사건이 일어난다고 확신하기는 어려웠다. 만약 사건이 생기더라도 누군가 다치는 불상사만 아니었으면 좋겠다는 생각이 들었다.

"시트러스. 파이팅!"

시트러스의 순서는 세 번째였다.

"하던 대로 하고, 다치지만 않게 조심하자."

시작에 앞서 단장이 파이팅을 외쳤다.

오랫동안 준비해왔다는 것을 알고 있어서 기대가 생겼다.

시트러스의 댄스는 절도 있고 유려했다. 크루원의 합이 돋보였고, 긴장감 높인 유려한 완급 조절은 입이 다물어지지 않을 정도였다. 춤사위가 얼마나 돋보이던지 괜스레 어깨가 으쓱해졌다.

"너희 정말 대단하더라. 엄청 멋있었어."

댄스를 마친 아이들이 감격한 나머지 서로 얼싸안는 것을 보고 나도 모르게 외쳤다.

"고마워. 너도 수고했어."

단장의 말을 듣자 내가 시트러스의 매니저라는 사실이 새삼 뿌듯했다.

네 번째 차례가 끝나가는데도 사건이 일어날 기미는 보이지 않았고, 배틀이 하도 흥미진진해서 사건에 관한 생각은 까맣게 잊고 말았다.

"경비아저씨한테 이것 좀 갖다주고 오래."

C가 검은색 비닐봉지를 내밀며 말했다.

비닐봉지 안에는 약간의 간식거리와 음료수가 들어있었다.

"뭐야? 가져다주기만 하면 되는 거야?"

"시상이 끝나고 아이들이 우르르 몰려 나가면 경비아저씨도 이상하게 생각할 거야. 네가 자초지종을 잘 말씀드려."

어떻게 할까? 배틀을 끝까지 보고 싶은데….

결정해 보자.

"싫어. 내가 왜?"

"내 부탁인데도 싫어? 부탁해. 제발. 어?"

싫다고 말했더니 C의 애교 섞인 목소리가 날아들었다.

"아, 알았어."

"고마워. 역시 넌. 시트러스의 매니저야!"

C의 말은 왠지 설득력이 있었고 애교는 감당하기가 벅찼다.

"아쉽네. 배틀을 다 보고 싶었는데."

나는 아쉬움을 뒤로한 채 C의 부탁대로 음료수와 간식이 들어있는 검정 비닐봉지를 들고 경비아저씨를 찾아갔다. 그리고 내가 잠시 자리를 비운 사이 가면 댄스 배틀은 성황리에 막을 내렸다.

우리 학교 댄스동아리 시트러스는 준우승을 거두었다.

'아무런 일도 일어나지 않은 걸 다행이라고 해야 하나?'

괜한 일에 끼어든 건 아닌지, 이러다 힘들게 쌓아 올린 내 평판마저 실추되는 것은 아닌지 불안해졌다. 하지만 마음 한편으로는 차라리 잘됐다는 생각도 들었다.

한마음으로 똘똘 뭉친 시트러스에 사건 같은 게 일어날 리가 없으니까.

"그럼, 사건 의뢰 편지는 뭐지? 누군가가 나를 놀리려고 한 걸까?"

어쩌면 의뢰인에게 속았을지도 모르겠다. 그렇다고 하더라도 후회하지 않는다. 시트러스의 일원이 되어 어디서도 경험할 수 없는 뜻깊은 시간을 보냈으니까.

마음이 편해지려면 실수를 인정하면 된다.

"아! 그나저나 내일부터 시험인데…. 공부를 하나도 못 했으니 어쩌지?"

9. 시험지 도난사건

화를 참는 어른과 대화할 때는 사실대로 말하는 게 현명하다.

중간고사가 시작되었다.

가면 댄스 배틀과 일정이 겹쳐서 공부할 시간이 터무니없이 부족했지만, 최선을 다하기로 마음먹었다.

시험 문제를 풀어보자.

"망했어!"

문제를 뚫어져라 쳐다보았지만, 답이 생각나지 않았다.

중간고사 첫 번째 날은 모든 게 다 엉망이었다.

이튿날 아침, 등교했을 때 학교 분위기가 사뭇 다르게 느껴졌다.

선생님이 안 계신 교실은 무척 소란스러웠고, 어수선했다. 누군가 중간고사가 잠정 중단되었고 선생님들은 교무실에 모여 대책 회의를 한다고 말했는데, 그 얘기를 듣고 무언가로 뒤통수를 세게 얻어맞은 느낌이었다.

"진짜 사건이 벌어졌어!"

학교를 발칵 뒤집어 놓은 초유의 사건은 '시험지 도난사건'

사건의 내막은 이렇다. 이른 아침, 경비아저씨가 학교 주변을 청소하다 쓰레기통에서 문제지를 하나 발견했는데, 그게 어제 본 시험 과목의 문제지였다는 것이다.

"어떻게 시험지를 훔칠 생각을 하지? 완전 맛이 간 거 아니야?"

"너무 억울해. 어제 잘 치렀는데, 시험을 다시 봐야 하잖아!"

어수선한 분위기 속에서 자율학습을 하는 내내 아이들의 불만 섞인 아우성이 날아들었다.

이 사건은 누가 보더라도 음모였다.

시험문제지를 훔치고 보란 듯이 쓰레기통에 버렸다는 것은 애초에 학력을 위해 시험지를 훔친 행위가 아니기 때문이다. 그렇다면 다른 목적이 있는 것이다.

'시트러스와 관련이 있는 걸까? 의뢰인은 이 사건이 일어날 것을 알고 있던 걸까?'

사건에 관한 생각으로 골몰하고 있는데 반장 녀석이 희끄무레한 눈을 하고 나에게 말을 걸었다.

"선생님이 너 찾으셔."

"나? 왜?"

뜬금없는 상황이라 되물었더니 반장은 급한 일이라며 빨리 교무실로 가보라고 대답했다.

"몰라, 빨리 가보기나 해."

"무슨 일로 부르시는 거지?"

교무실로 가자.

마지막 페이지에 있는 AR 인식 카드를 스캔해 보세요.

나는 영문도 모른 채 교무실로 불려갔고, 선생님이 보여 주는 CCTV 녹화 영상을 보고 충격을 받았다. CCTV 화면에는 가면을 쓴 여자아이의 수상쩍은 행동이 고스란히 녹화되어 있었기 때문이다. 가면을 쓴 여자아이는 틀림없이 시트러스 멤버 중 하나였다.

"쟤 누구야? 누군지 알지?"

"글쎄요. 잘 모르겠는데요."

선생님은 사나운 얼굴로 쏘아보았지만 나는 모른다고 잡아뗐다. 모르는 게 사실이기도 했다.

"어쭈? 이래도 시치미 뗄 거야?"

선생님이 다른 장면을 보여 주었는데, 내가 경비아저씨와 이야기하는 모습이었다.

"여기 봐. 너 맞잖아. 왜 그 시간에 그곳을 기웃거린 거야?"

선생님은 얼굴을 붉히거나 언성을 높이지 않았다. 고압적인 자세를 취하지 않고 담담하게 말해서 오히려 더 주눅이 들었다.

"네가 시간을 끄는 사이 쟤가 시험지를 훔친 거 아니야?"

"아니에요. 선생님!"

'이건 누명이다!'

나는 궁지에 몰린 쥐와 다를 바 없었다.

나를 포함해서 가면 댄스 배틀에 참가한 시트러스 회원이 모두 용의선상에 올랐다. 범행을 유추할 수 있는 증거가 있으니 범인이 누군지 조만간 밝혀질 것이다.

"그럼, 무슨 일이 있었던 건지 솔직히 말해봐."

선생님이 채근했다.

사실대로 말할까? 위기를 모면할까?

화를 참는 어른과 대화할 때는 사실대로 말하는 게 현명하다.

"선생님. 사실은요…."

나는 자초지종을 말씀드렸다.

선생님은 묵묵히 내 얘기를 들으셨다. 내 말을 믿는 것 같았지만 기대와는 전혀 반응을 보이셨다.

"음, 부모님과 상담해야 할 것 같다. 그리고 앞으로 탐정 놀이는 그만두는 게 좋을 거다."

'탐정 놀이라고?'

사실대로 말했는데 탐정 활동을 인정받지 못하다니….

탐정 활동을 인정받지 못하는 것은 나에게 위기였다. 이 위기를 모면하려면 내가 범인을 밝혀내는 수밖에 없었다.

"제가 찾을 수 있어요. 조금만 시간을 주세요."

나는 확신에 찬 어조로 말했다.

"네가 범인을 찾겠다고?"

나는 대답 대신 고개를 힘껏 끄덕였다.

선생님은 눈을 지그시 감고 생각에 잠기셨다. 그리고 잠시 뒤 입을 열었다.

"좋아. 기다려 주마."

내 의지를 믿어보기로 결심한 모양이었다.

"만약에 범인이 누군지 밝혀내지 못하면 우리 학교 댄스 동아리는 해산될 거다."

선생님이 단호한 어투로 말했다.

10. 퍼즐 조각

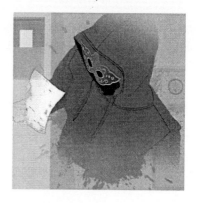

언제나 그렇듯이 질문에 답이 있는 법이다.

'시트러스를 해산한다고?'

탐정 활동은 인정받지 못하더라도 시트러스가 해산되는 일만은 막아야 했다.

'그나저나 범인을 어떻게 밝혀내지?'

선생님께 사정해서 겨우 위기를 모면했지만 앞으로가 걱정이었다.

며칠 전만 해도 환상적인 케미를 보이며 한마음으로 단합된 아이들이었는데, 이런 불미스러운 일로 얼굴을 붉히게 될 걸 생각하니 지레 걱정이 앞섰다.

학교의 모든 아이가 손해를 보면 안 되었기에 어깨가 더 무거웠다. 시트러스 회원들이 피해를 보지 않게 하려면 무슨 일이 있어도 범인을 밝혀내야만 했다.

동아리 방으로 가자.

마지막 페이지에 있는 AR 인식 카드를 스캔해 보세요.

"너희들 그 얘기 들었니?"

"우리 시험 다시 봐야 하는 거야?"

"정말, 머리가 어떻게 된 거 아니야?"

동아리방에 모인 시트러스 회원들은 우리가 '시험지 도난 사건'의 용의자가 된 것을 모르고 있는 눈치였다.

"얘들아, 잠깐만. 할 말이 있어."

마음이 무거웠지만, 시간을 끌수록 서로 곤란해질 뿐이다. 그래서 용기를 내서 선생님과 한 약속을 전했다.

"너희가 알고 있는 걸 솔직하게 말해줬으면 좋겠어."

어떻게 된 영문인지 알 까닭이 없는 아이들은 무척 혼란스러워했다.

반응을 살펴보자.

"범인은 우리 중에 있어."

나는 A를 보며 말했다. 그러자 A가 손사래를 치며 대답했다.

"난 정말 아니야. B가 나가는 걸 봤어."

이번에는 B에게 물었다.

"너는 알고 있지?"

"너는 지금 우리를 의심하는 거냐?"

B는 언성을 높이며 나를 쏘아보았다.

"너는 나한테 심부름을 시켰어. 왜지?"

"내가 아니야. 단장이 시켰어."

내가 묻자 C는 눈을 내리깔며 대답했다.

D는 무언가를 알고 있을 것 같았다. 그래서 단도직입적으로 물었다.

"네가 알고 있는 걸 말해줘."

"넌, 네 할 일을 못 했어."

D는 냉랭한 표정을 지으며 말했다.

'얘는 또 무슨 얘기야?'

허심탄회하게 대화했던 터라 살갑고 친근하게 느꼈는데 D의 돌변한 태도에 어리둥절했다.

마지막으로 단장에게 물었다.

"할 말이 있니?"

"아니, 아무 말도 하지 않겠어."

단장은 눈을 지그시 감고 대답했다.

할 말은 있지만 하지 않겠다는 결심이 드러나는 행동이었다.

유도신문을 위해 다른 질문을 던졌는데, 반응 역시 모두 제각각이었다. 언제나 그렇듯이 질문에 답이 있는 법이다. 모든 단서를 토대로 종합적으로 분석하고 추리해본 결과,

"내 생각에 범인은 바로⋯."

범인은 바로 당신!

"문가연!"

내가 이름을 부르자 A의 얼굴이 새빨갛게 달아올랐다.

"감히, 내가 누군 줄 알고…. 내가 그렇게 유치해 보이니?"

"박해미!"

B는 두 눈을 부릅떴다.

"너, 이 자식! 네 말에 책임질 수 있어?"

"최지연!"

C는 울상을 지으며 제자리에 털썩 주저앉았다.

"아이, 몰라…. 난 아니야. 정말 아니라고!"

"이유미!"

D는 또다시 이해할 수 없는 말을 꺼냈다.

"너, 실력이 형편없구나?"

'실력이 형편없다니…. 얘는 또 무슨 얘기를 하는 거야?'

"서은별!"

단장은 고개를 떨어뜨렸다.

"다 내 잘못이야. 내가 책임질게."

"야! 너 지금 장난하냐?"

"쟤는 진작 잘랐어야 했어!"

B가 소리쳤고 A가 맞장구쳤다.

"너, 이 자식! 잡히기만 해. 가만 안 둘 테니까!"

아이들의 원성이 일제히 쏟아졌다. 몇몇 아이가 울고불고 난리를 치는 바람에 나는 쫓겨나듯이 동아리방을 빠져나왔다.

'도대체 누가 범인이지?'

동아리 방이 있는 별관 구석에 쪼그리고 앉아서 사건에 관한 생각으로 골똘한데 비아냥거리는 듯한 말투가 들려왔다.

"나는 네가 사건이 일어나는 걸 막을 줄 알았어."

주위를 살펴보니 언제 왔는지 D가 내 옆을 지키고 서 있었다. 순간, 미지의 의뢰인이 D라는 것을 깨달았다.

"너였구나! 암호 편지를 보낸 사람이….

내가 묻자 D가 대답했다.

"맞아. 내가 의뢰했어."

"그럼, 무슨 일이 벌어질지 알고 있었던 거야? 미리 귀띔이라도 해줬어야지!"

"아이고, 이 멍청이…. 내가 알았다면 너에게 의뢰를 했겠니?"

이런, 조금만 더 주의를 기울였다면 의뢰인이 누군지 알았을 텐데. 그랬다면 사건을 막았을 수도 있었을 텐데….

"내가 확인하지 못한 게 있었니?"

"네가 모르는 동기가 있을 거야. 빠뜨린 게 없는지 잘 생각해 봐."

D가 말했다.

'그래, 용의자는 3명으로 좁혀졌다. 다시 한번 생각해 보자.'

용의자의 동기를 생각해 보자.

'일인자가 될 수 있다? 아니야, 너무 뻔해….'

'약점을 잡혀서 어쩔 수 없다? 그럴 리 없어….'

'성적이 떨어져서 고민이다? 그건, 진짜 아니야….'

'경쟁 크루에 중복으로 가입되어 있다? 에이, 설마….'

'사건을 일으켜 존재감을 드러내고 싶다? 말도 안 돼….'

'누군가에게 앙심을 품고 있다? 내가 모르는 동기라면….'

"어쩌면…. 아, 그래! 바로 그거였어!"

나도 모르게 탄식이 터져 나왔다. 범인이 누군지 알아냈기 때문이다.

놓치고 있던 퍼즐 조각이 꼭 맞아떨어졌다. 이건, 막을 수 있었던 일이었다. 아니, 애초에 생기지 말아야 하는 일이었다.

동아리 방으로 가자.

마지막 페이지에 있는 AR 인식 카드를 스캔해 보세요.

에필로그; 사건의 전말

이번 일은 시트러스에 생긴 미세한 균열이 푸른곰팡이처럼 서서히
자라서 걷잡을 수 없이 커진 사건이다.

"사건을 설계한 범인은 바로, 최지연!"

나는 C를 지목했다.

내 말에 놀랐는지 아이들 모두 황망한 표정을 지었다.

"증명할 수 있어?"

C가 싸늘한 표정을 지으며 되물었다.

일순간 정적이 맴돌았고, 웅성거림이 이어졌다.

"증명할 수 있냐고?"

훗. 그럼, 내 진면목을 보여 줄 차례인가?

나는 아이들 앞에 당당히 나섰다. 그리고 내가 알게 된 사실을 전제로 한 추리를 아이들 앞에 펼쳐 놓았다.

사건의 전말은 이렇다.

삼총사 중 A(문가연)는 이인자라는 꼬리표가 자신을 따라다닐 거라는 사실을 늘 두려워했다.

단장(서은별)과 달리 자신을 따르는 아이가 없었기 때문에 새로운 크루를 만들기도 쉽지 않았다. 걸림돌(단장)을 제거하거나 동아리를 와해시키는 방법이 있었지만, B(박해미)의 강직한 성격 탓에 자기 뜻대로 할 수 없었다. 차선책은 시트러스를 자기 영향력 아래 두는 것이었다. 그래서 C(최지연)를 삼총사 멤버로 끌어들였다.

나는 삼총사 멤버가 되기 전, 교내에서 소문난 왕따였던 C(최지연)가 A(문가연)의 전폭적인 지지로 시트러스에 합류하게 되었다는 점을 놓치고 있었다. 혼란이 있었던 부분이 바로 그 점이다. C(최지연)에게 사건을 일으킬만한 동기가 없어 보였다는 것이다. 하지만 여기에 반전이 있다. C(최지연)의 왕따 시절, 따돌림을 주도한 사람은 다름 아닌 A(문가연)였기 때문이다.

C는 A에게 적개심을 품고 있었다. 다만, 드러내지 않았을 뿐이다. C는 인싸가 된 뒤로 과거의 소문과 트라우마를

숨기기 위해서 친절이란 가면을 썼다. 그리고 자기 영향력을 확인하며 자신감을 느끼게 된 모양이다.

C는 A를 위시해서 단장의 결정, 그러니까 나를 준회원으로 받아들인 것에 불만을 품은 아이였다. A와 단장을 골탕 먹이기로 결심한 C는 음모를 꾸몄다. 그리고 A의 불안을 이용하기로 했다.

'시험지 도난사건'으로 인해 피해를 보는 사람은 단장이다. 단장에게 책임을 물을 것이고, 이인자인 A가 그 자리를 이어받을 것이다. 그 뒤, 일인자를 질시한 이인자의 비뚤어진 반란이라고 누명을 씌울 수 있었다. C는 자신의 계획을 실현할 조력자로 나를 선택한 것이다.

내가 사건의 경위를 밝히자 C는 체념한 듯 담담히 자신의 범행을 인정했다.

"그래, 맞아. 내가 그랬어. 그런데 그게 뭐 어때서?"

"야! 최지연. 장난하지 마. 너 그런 애 아니잖아!"

A가 당혹스러워하며 말했다.

"그런 애가 아니라고? 이게 장난처럼 보이니?"

C는 싸늘한 표정을 지으며 되물었다.

"너는 다 장난 같지? 네가 나한테 한 짓도 장난이고. 왜, 너는 되고 나는 안되는 거야?"

"지, 지연아…."

늘 미소 짓던 C의 냉소적인 표정이 낯설어서 더욱 혼란스러웠다. 차라리 악을 쓰거나 이렇게 될 수밖에 없었던 현실에 원망을 쏟아냈더라면 미워할 수 있었을 텐데….

맥이 풀린 A는 그대로 주저앉아서 울음을 터뜨렸다. 그리고 C에게 미안하다는 말을 되풀이했다.

"미안해, 지연아. 내가 잘못했어. 미안해."

"그동안 즐거웠어. 너희들한테 피해가 가지 않도록 선생님께 잘 말씀드릴게."

C가 선생님께 자초지종을 말하겠다며 동아리방을 나섰다. 그러자 단장이 재빨리 뒤따라갔다. C를 뒤따라간 이유는 책임을 나눠지고 싶은 마음에서일 것이다.

동아리 방에서의 당당함은 온데간데없고 C는 의기소침한 모습으로 힘없이 걷고 있었다. 쓸쓸히 걷는 C의 뒷모습을 보자 안타까운 마음이 들었다.

뒤따르던 단장이 보폭을 맞추더니 나란히 걸으며 C의 손을 꼭 잡아 주었다. C가 멈춰서더니 고개를 돌려 단장을 바라보았다. 고마움을 전하기 위해서였을 것이다.

단장이 C의 뺨을 어루만졌다. 그리고 두 사람은 함께 걷기 시작했다.

자세히 보이지는 않았지만 나는 단장이 C의 눈물을 훔쳐주었을 거로 생각한다.

"사건을 해결했구나?"

D가 나에게 다가와 말을 건넸다.

"휴우. 그래. 모두 다 네 덕분이야."

나는 한숨을 내쉬며 D에게 물었다.

"궁금한 게 있는데 말이야. 넌 C가 사건을 일으킬 거라는 것을 알고 있었던 거니?"

"아니, 하지만 왠지 위태로워 보였어."

"C 말이니?"

"아니, 시트러스 말이야."

D의 대답을 듣자 고개가 절로 끄덕여졌다.

이번 일은 시트러스에 생긴 미세한 균열이 푸른곰팡이처럼 서서히 자라서 걷잡을 수 없이 커진 사건이었다. 명성에 걸맞게 사건을 해결했지만 찜찜함이 남았다. 피해자가 다시 가해자가 된 사건이기 때문이다.

C의 마음은 이해하지만, 자신이 받은 상처를 되돌려주는 행동은 결코 용납되어서는 안 된다.

이번 사건은 어쩌면 나로 인해서 생긴 걸지도 모른다. 내가 시트러스에 잠입하지 않았다면 C의 계획은 공상에서 멈췄을지도 모르니까. 그러니 빌미를 제공한 내 처지로서는 더욱 안쓰러울 수밖에….

이제, 시트러스의 앞날은 그 누구도 알 수 없다. 해산하게 될지, 아픔을 딛고 다시 일어설지 아무도 모른다.

나의 짧았던 동아리 생활은 추억으로 남겨질 것 같다. 시트러스가 다시 활동하게 되더라도 나를 받아 주지 않을 테니 말이다. 한 가지 얻은 게 있다면 내 춤 실력이 몰라보게 늘었다는 정도?

"야! 매니저!"

멀리서 나를 부르는 단장의 목소리가 들렸다.

뒤돌아보니 단장이 나에게 다가오는 게 보였다.

'단장은 나를 원망할까?'

문득, 나를 원망할 수도 있을 것 같다는 생각이 들었다. 어떤 상황이 벌어질지 예측할 수 없으니 마음이 위축되었다. 뭐라고 말해야 좋을지 몰라서 마음을 졸이는데 단장은 오히려 멋쩍어하며 말을 건넸다.

"고마워."

"고맙긴 뭘. 고맙다는 말은 내가 아니라 D한테 해야 할 것 같아. 사건 해결의 열쇠를 쥔 사람은 D였으니까."

왠지 서먹해진 기분이었다. 그래서 질문을 한꺼번에 쏟아냈다.

"그나저나 C는 어때? 선생님은 뭐라고 하셔? 시트러스는 어떻게 된대?"

"괜찮아. 별일 없을 거야."

단장의 얘기를 듣자 왠지 모르게 마음이 놓였다.

"너희는 진짜 멋진 크루야. 시트러스가 활동하는 모습을 계속 보고 싶어."

나는 내 진심이 전해지길 바랐다.

단장이 제자리에 멈춰 섰다. 그래서 나도 발걸음을 멈췄다.

"인제 보니 너, 제법 괜찮은 녀석인 것 같다."

"아! 그, 그래."

칭찬인지 아닌지 헷갈리는 아리송한 단장의 말에 대답을 얼버무렸다.

"너, 내 매니저가 되어 줄래?"

"뭐? 네 매니저라고?"

잘못들은 게 아닌가 싶어서 단장에게 되물었다.

"그래, 나만의 매니저."

얼굴이 화끈 달아올랐다.

"춤 실력이 형편없는데도 말이니?"

"문제없어. 특훈을 다시 시작하면 되니까."

단장이 대답했다.

"큭, 특훈이라고? 그래, 그까짓 특훈 정도야 뭐…."

참나, 이런 결말을 기대했던 것은 아닌데…. 이번 사건이 내 마지막 탐정 활동이 되는 걸까?

작가의 말

탐정을 꿈꾸던 어린이가 있었습니다. 시간이 흘러 청소년이
되었고, 학교에서 이름난 탐정이 되었습니다.

시간이 흐른 만큼 많은 것이 바뀌었습니다. 기술은 발전하
고 온라인 미디어 환경에도 많은 변화가 생겼지요. 그래서
이야기를 즐기는 방법도 다양해졌습니다. 메타버스 안에서
이야기를 만들고 나누며 즐기는 시대가 되었으니까요.

세상은 끊임없이 움직이고 변화는 창작자의 예술 활동에도
영향을 미치고 있습니다.

어떻게 해야 다양한 미디어 환경에 익숙한 아동·청소년 독
자와 긴밀하게 소통할 수 있을까요?

고민을 거듭한 끝에 이야기를 담는 형식과 매체를 전통적

인 방식과 온라인 미디어로 융합해 보았습니다.

한국문화예술위원회의 2021년 온라인 미디어 예술 활동 '아트체인지 업'에 선정되어 제작된 증강현실 액티비티 추리게임 〈비밀수집가〉는 추리를 소재로 한 동화 〈그 녀석이 수상하다〉의 세계관을 증강현실 기술과 접목한 트랜스미디어 스토리텔링 작품입니다. 도서와 App의 증강현실 기술이 연계된 새로운 형식으로 독자가 주인공이 되어 제시된 미션을 수행하고 추리하며 이야기를 직접 체험할 수 있습니다.

독자와 소통하는 방법에 관한 고민과 실험은 앞으로도 계속될 것 같습니다. 〈비밀수집가〉 두 번째 이야기는 댄싱 파이터들의 이야기가 될 것 같고요. 새로운 이야기를 창작하는 동기가 된다면, 세상의 변화가 창작자에게는 매우 큰 자극이 될 것이 틀림없습니다.

2021년 겨울
권요원

AR 인식 카드

사물함

교실

교무실

AR 인식 카드

동아리 방

체육관

도서관

매점